세상과
사랑에 빠지다

글·사진 윤연다

꿈꾸지 않는 꿈

초겨울 시들어 말라가는 국화 앞에서
바쁜 걸음 멈추고 하찮은 얘기 들려주는 사람
삶이 기다림이고 기다림이 삶인 것에
땀 내 보여주는 사람
사람이 눈물이라는 것을 잊지 않는 사람
억세디억센 삶에 풀 죽지 않는 사람
아이들 웃음소리가 천국이라고 여기는 사람
인생을 걸고 진리를 향해 고요히 나아가는 사람
한 사람의 뒤태에서 나를 느끼는 사람
우리라는 말에 기쁨을 가누지 못하는 사람
무엇을 하건 믿음을 잃지 않으려는 사람
멀리서 바라보아도 흐뭇한 사람
누구에게나 품 넓혀 울게 해주는 사람
사람은 사람 속에 살아야 따뜻하다고 겸연쩍게 웃는 사람

정체성

어둔 구석에서도 보이는
'자기다움'

저녁이 오면

사랑하는 친구,
우리에게 저녁이 오지 않는다면

어찌 서로의 말을 물들게 할 수 있으며
어찌 서로의 어깨를 감쌀 수 있겠느냐?

켜켜이 저민 슬픔이 우리가 되고
경이로운 밤은 흔하게 오지 않기에
내일은 오늘의 이야기로부터 시작된다

가로등이 켜지고 도시의 냉랭함이
흐린 하늘을 잠식해 갈 때

우리는 말해야 한다

사랑한다고
곁에 있어 주어서 든든하다고!

6

비망

사람이 사람을 피해 다녀야 하는
이 기막힌 시대에도
아침은 오고
밤은 어둡습니다

어찌하여
꽃들은 사시사철 벙글고
바람길 같은 인생은 또 어찌하여
젖은 수건에 쌓인 얼굴처럼 시시로
축축하기만 합니다

동짓날
햇볕 드는 창가에 앉아
우울을 말리며
해의 놀이터에서
지금을 토닥이고 있습니다

참나리꽃

누가
너더러
거짓말쟁이라고 하더냐!

어쩌자고
깊디깊은 정 훌렁
까뒤집어

벌건 대낮을
부끄럽게 한단 말이냐!

9

사라지는 언어에 바치다

곰곰이
헤아려보면 많은 것들이 뇌리를 스친다

언어도 변하고
사람도 시대에 따라 변하지 않으면
소통할 수 없는 세상이 되었다

그중에서도
'벙어리장갑'이라는 단어를 보더라도
지금은 '손모아장갑'이라고 한다

여러 가지 이유가 있겠지만
어쨌든 늙어가는 입장에서는
추억이 한편으로 밀리는 느낌이
드는 것은 어쩔 수 없다

이래저래 녹아가는 옛날이라는 눈사람

아집

설명 무시한 결과는 뒤죽박죽이다

봄

용케 날아와 들창에 기웃거리는 벌 한 마리

지성의 무력함

삶은 계란의 껍질을 벗기려고
두 알 양손에 들고 부딪힌다
같이 깨트러져야 함에도
한 알은 멀쩡하다

삶자루 1

떠나고 있는 여름이여,
갓난아이 울음 같은
귀뚜리 노래엔
낮달 자국이 선명히 남아있구나!

삶자루 2

책상에 붙들린 그녀는
하늘 자전거의 페달을 힘껏 밟는다

몇몇 나무 꼭대기의 잎들이
서둘러 단풍으로 도드라지고
팔월의 첫날,
컵에 담긴 물을 억지로 다 마실
필요가 없다는 사실을 깨달으며
담벼락에 머릴 조아린 시간들을
건너다보았다

뙤약볕이 무척이나 따갑다
살이 제 살에 닿아도
금세 끈적이는
폭염의 나날엔
고향 바다가 눈에 선하다

어릴 적 장승포항의 밤바다에 겁도 없이
줄지어 뛰어들던 동네 친구들, 자맥질하며
바닷물 휘감고 몸에서 빛나던 시그리[1]는
신비로움과 재밋거리의 또 다른 세상이었고,
여름을 여름으로 온전히 즐긴 행복한 유년이었지

---

1) 시그리: 사투리로 사람의 몸에 바닷물이 닿아 반짝이는 현상

그리움

손깍지에 가둔 붉은 마음

19

어머니

어제와 별반 다를 게 없는 오늘
집으로부터 머지않은 장산을
쉬엄쉬엄 오르고 있습니다

높이 자란 소나무 꼭대기에
머무는 바람과
겨울 장마로
뒤척이지도 못하고
힘없이 흐르는 계곡물을 보며
겨울 한기가 온몸을 파고들었지만
정신은 오히려 맑고 투명했습니다

어느 해이든가 맨발로 산을 자주
오르내린 적이 있었습니다
발밑에 닿는 흙과 돌의 차디찬
느낌이 마주하고 있는 고통을 어설프게나마
잠시 잊게 하더군요

침침해지는 눈
나무늘보 같은 움직임으로
앉았다 일어서는 몸이
물먹은 솜뭉치마냥 무겁습니다

그래도
"괜찮다, 다 괜찮다."
"살고 있으니 괜찮다."라고 하시며
언 손 당신 가슴팍에 넣어주실
나의 어머니!

혹한(酷寒)

달달한 사탕 한 알
입 안에서 녹고 있다

어깃장

많이 자고
줄창 흔들리며
깨어있지 않기 위해
모르는 자로
오늘을 맞이한다
주의를 기울인다는 건
몹시 피곤한 짓거리
구름의 형태처럼
나의 자유도 천방지축

디오게네스여,
여름날 나무 그늘이면 충분함을
인생 만년에 알아가노니!

순복

핀 꽃 곁에 진 꽃

비로소

길 가다가
등 뒤에서 "할머니!" 하며
부르는 소리가 들리면

잽싸게
뒤를 돌아본다

부름에 반응하는 속도가
어마무시하다
내 새끼가 아니면 어떠랴

'할머니'라는 호칭은 나에겐 왕관이다
몇 번의 죽을 고비를 넘고 차지한
금빛 나래다

거푸집

하늘이 된 새들은 날개를 펴는 데 몰두한다
꽃들은 바람이 쏟힌 자리에
몸내를 뱉는다
가까이 혹은 멀리서
길을 달리한 인생들이 줄창
한곳을 향해 황망히 흐르고 있을 때
삶은 구부정한 허리로
설명될 수 없는 것들의 무게를
쓰다듬고 있었다

시서 1

집 가까이에 있는 인공 호수가
제법 두껍게 얼어
누군가 던진 작은 돌멩이들이
듬성듬성 보입니다

날이 풀리면
어느 순간 돌멩이들은
호수 바닥으로 가라앉을 테지만

사람들의 마음에 얹힌 돌덩이는

시서 2

태풍 '난마돌'이 스쳐 간
가로수 길은 나뭇가지가 부러지고
곳곳에 은행 열매가 수두룩하게 떨어져
아스팔트 바닥이 노랗게 부풀었습니다
이곳저곳 찢기고 상처 난 흔적들,
나무가 늘 당당하다는 표현은
어쩌면 사람의 생각일지도 모릅니다
견디다 못해 강풍에
비스듬히 누운 나무 가까이에 서서
노근란이 되어버린
뿌리의 고통이 어떠했을지 먹먹합니다
서 있기에도 힘든 세상입니다

아무도 도망치지 못한

수없이 부딪치며 둥글게 닳은
모서리에 자꾸 눈길이 머문다

겨울마다 있는 그대로의 나를 보여주는
나무들을 사랑하고

갯바위와 놀아주는 파도의 변함없는
차디찬 갈망을 사랑한다

한 치 앞도 알 수 없는 목숨이 차지한
길고양이의 느린 행보와

거대한 아파트 단지의 소리 없는 움직임으로
굴러가는 사람들의 집이 슬프지 않도록 기도한다

부디 스스로를 사랑하며 순전할 수 있기를!

33

파초

지금은 설레는 중
살지 않고서야
죽을 순 없지!

말하고 싶지 않다

1

벌거벗은 나무줄기 끝에서
숨어 지켜보는
봄!

2

장갑도 뚫는 겨울의 칼바람

3

한 철 사랑으로 사철을 이겨내는 기쁨의 조각

길모퉁이에서

무의식이
의식을 관통할 때가 있다

바람은 어제도 불었고
오늘도 불고 있다

뿌우연 하늘엔 습관처럼
비둘기가 날고

유월로 치닫는 햇살은
이래저래

살아 있음을 실감케 한다
찻잔이 낡았다고 차 맛이 변하겠는가

하아, 점점 희미해지는 옛날이여!

수국 1

너는
너의 길을 걸었고

나는
나의 길을 걸었다

같은 흙 자리에서
색을 달리한 꽃숭어리들이

앞다퉈
꽃잎을 세우고 있다

수국 2

가을이 떠나고
겨우내
야물딱지게 버티어
빛바랜 통꽃으로 섰는
꽃대의
강인함이라니!

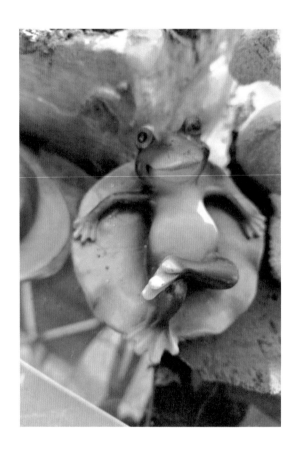

40

강바닥의 돌멩이

생활은 자잘히 해결해야 할 일들로
연결되어 있다

때때로 귀차니즘에
짜증이 나기도 하지만 어쩌겠는가?

오죽하면
"사랑도 지겨울 때가 있다."라고
이영훈은 노랫말로 썼을까?

하기야
존재를 가능하게 하는 건 욕망이라지만

여하튼
꼼짝도 하기 싫은 날이 있다

필요가 되레 불필요하게 느껴지는 순간이 있다

간신히 아무도 그립지 않을 무렵

시퍼런 가슴 열어
바다가 뱃길 앉힐 때

떠밀리며 뒤돌아보는
햇덧[2]이 얼마나 슬픈지 듣게 되었네

---

2) 햇덧: 해가 지는 짧은 동안

풍경

세상과 소통한다는 건
먼저
아침에 창문을 활짝 연다는 것
개가 짖고
아이의 울음소리가 들리고
조경사의 손에서
웃자란 잎들이 똑같은 높이로
맞춰지듯
낯선 듯 익숙한
하루는 또 이렇듯 생경하다

버티며 사는 이들에게

한창 시들어가는 꽃을 보고 있습니다
시듦이 무엇인지를 모르는
조화보다
생화가 애틋한 것은
한 계절을 원 없이 살다가
마침내 제자리로 돌아가는
순리를 따른다는 것이지요
부채 바람을 제아무리 일으켜도
자연 바람 한 번에
속까지 시원해지는 이 통쾌함이야말로
제때 기뻐하고 온몸으로 살게 하는
깨달음이 되니까요

흐르는 냇물도 얼 때가 있다

늙지 않는 마음이
백발에 앉아
어둠에 익숙한 별과 얘기한다

여러모로 모자람을 깨닫고
한계를 단박에 추스르기까지 참 서글펐다
제 발로 용기가 찾아오지 않는다면
찾아오게 해야 하듯이

문 없는 벽에
문을 내는 노력이야말로
값진 생명을 살아내고야 말겠다는
기도요 열정이기에

오늘 해야 할 일

나
섬에서 태어나
파도 소리가 정겹지

땅에서 알게 모르게 자라는 풀이여,

나
구름의 변덕스러움과
바람의 위엄을 알지

바다에서 갓 건져낸
생미역의 윤기와 풋풋함같이

나
자신과 생생히 살고자 하네

옷 몸살만큼의 성가신 무게쯤이야
건들바람 같은 것이므로

벽시계를 버리다

사철나뭇잎에 서리가 앉아
뽀얗게 꽃이 피었다

그다지 이른 아침은 아니었고
태양은 그늘을 차지하지 못한 시간이었다

바짓가랑이 속을 드나드는 냉기

길가에 모아둔 쓰레기봉투에 쏟아진
까마귀 부리의 간절한 배고픔이

얼음장 같은 겨울 바닥에 흩어지고 있었다

코로나 블루 1

몹시 추운 날
새끼 길고양이 한 마리
하루의 밑동을 허겁지겁 파고 있다
길 건너편 빈 상점 창문엔
때 묻은 얼룩이 쌀알처럼 널려 있고
오가는 사람들의 눈엔 생기가 없다
하아, 인간은 얼마나 질그릇 같은가?

바라든 바라지 않든
새벽은 오고 꽃은 핀다

코로나 블루 2

마스크로 얼굴을 가린 사람들이
눈만 살아서 걸어간다

그 걸음걸이에서 전해지는
초췌한 일상

전철 한량에 마주 앉은 사람들의 눈을
널뛰듯 바라보아도

우울은 매한가지

기쁨은 슬픔 속에 있다

부치지 못하는 손 편지라든지
눈이 부시도록 고운 배롱나무꽃이라든지
비 오는 날
사람 모습을 하고 섰는
고무 인형의 한쪽 팔이
쉬임 없이
가게 쪽으로 안내하는
숨 가쁜 반복이라든지
신호등 없는 횡단보도를 건너는
할머니의 느린 걸음을
경적으로 보채다 못해
자가용에 동석한 인간이
굳이 뒷창문을 열어
경멸하는 시선을 보내는 것이라든지
하아,
우리는 언제쯤
생판 남인 사람들을
피붙이처럼 느끼며
살갑게
바라볼 수 있을는지

사는 게 예술이다 1

여름날
매미 떼창을 듣고 있으면서도
그대가 울지 않는다면
어쩔 수 없지

사는 게 예술이다 2

함께 걸어도 보는 사물은 각기 다르다
길 끝에 설령
열매 한 알 보이지 않더라도
잘 견디고 걸어왔음에
우리는 저마다 서로의 위로가 되어주자

단어 중에
'덧없는'이라는 말을
달가워하지 않는다
우리가 살아온 시간들이
어찌 덧없기만 하겠는가?

인생길에서
소리 없는 통곡을 삼켜본 사람은 알지
울음의 깊이와 너비의 막막함을

하는 수 없이 주저앉아 본 사람은 알지
일어서기까지 무섭도록 혼자라는 사실을

하물며 내 안의 길을 찾아
절망으로부터
도망치듯 찾은 바다의 일몰이
뒷걸음질만큼이나 불편하고 짠 내로
흠뻑 젖어 있었음을 지금도 생생히 기억한다

어떤 하루

하늘을 올려다본다
사람이 사람을 스쳐 지나는 것처럼
구름도 구름을 스쳐 지나간다
바람이 몰아가는 방향으로
구름은 흐를 뿐
뒤돌아보지 않는다
숨 막히도록 열돔을 형성하던 여름이
초가을 자리매김으로 돌아앉았다
생바람이 무척이나 기분 좋은 날이다

무게가 가지는 힘

볼펜 뚜껑에 금이 갔다
손 글씨를 자주 쓰는 내 입장에서 보면
볼펜의 무게가 예전 같지 않고
약간 가벼운 느낌이 났다
뚜껑을 볼펜 몸체에 끼우고 쓰다가 빼고 나니
그만한 변화에도 글씨체가 다소 영향을 받아
진심으로 흔들리는 것을 보며
인간의 감각이 얼마나 대단한지
실소를 금할 수 없었다

61

순명

저녁 어스름
여름이 떠났음을 알려주는
뒤끝 있는 바람

달의 방황

비우고 채우고, 채우고 비우며...

우리 몸엔 나비가 살고 있다

팔순을 넘긴 듯한 할머니 한 분
장산 대천공원 소나무 아래에서
양산을 쓴 채
춤추고 계시네요
'좋구나'
지나다가 불쑥 추임새를 넣습니다
크~으!
참으로 아름다웠습니다
백발 휘날리며 옮기는 춤사위가
맛나게
삶을 들이켜고 있는 것 같았습니다

기다리는 것에서 시작한다

상처에 대하여
거듭
담담히 얘기할 수 있다는 건
상처가 결국엔
삶이 삶답도록 도와주었다는 것이다
가만히 두어도
꺾인 꽃은 시든다
그러나 꺾였더라도
형태가 없어지지 않도록
거꾸로 매단 꽃송이들은 말라가면서
'드라이 플라워'라는 이름으로
새롭게 태어난다
사람도
아픔을 말릴 수 있는
시간이 필요하다
견디기 위해
빛바래져 가는 날이 필요하다

삶이란

오늘도 어김없이
조간신문 사이에 드러누워 있는
맛집 광고 전단지
'황금코다리'

69

행복

잃어버렸던 우산을 찾아
집으로 돌아왔습니다

오는 내내 기쁨으로 들떠
발이 둥둥 허공을 날았습니다

값어치로 따지면 얼마 되지 않는
물건이지만

함께한 시간만큼 정도 깊이 들어
헤어지기가 참 수월치 않았는가 봅니다

생명체가 아니어도 눈으로 품은 것은
이토록 애틋하더군요

부활

당장 필요치 않아
매몰차게 버린 작은 메모지 한 장,
하룻밤 새
쓰레기통 속에서 구겨진 채 살아나
다시
세상으로 돌아온
소중한 그대여!

도전

아이쿠, 콩벌레야 이 대낮에
수십 개의 다릴 움직여 어딜 가고 있느냐?
밤은 버둥거림 없이 멀리 있는데

성장의 비탈

장승포항 해안 등대 너머
길 없는 절벽 가까이
참나리꽃 한 송이가 피어 있었습니다

열서넛 시절
무슨 마음으로 홀로
가파른 돌산을 올랐을까요?

아슬아슬하게 피어 있던
참나리꽃을 넋 놓고 바라만 보다가
어물쩍
뒤돌아섰던 그날이
자꾸만 눈에 밟힙니다

누군가에게

먹고 싶으면
살고 싶은 거다
햇살 먹고
바람 먹고
달빛 먹고
별빛 먹고
그렇게
그렇게
사는 거다

먹는 게 사는 거다
사는 게 먹는 거다

74

장산연가

- 사랑채에서

물소리에 귀 씻고
산새 노랫소리에 마음 가다듬네
바람이 놀다 가는 소나무 그늘에
주인 되어 거니는 꽃 나그네

청개구리

무더위가 성난 황소처럼 날뛰는 날
집 안의 창문을
아코디언 악기처럼 늘려
맘껏
여름을 조롱한다

해운대 백사장에서

늦지 않았다
갈매기들에게 때 묻은 손 높이 들어
새우깡 주지 마시라
깊은 바다로 날아가
먹이를 찾도록
야생성을 잃지 않도록
모르게 끊임없이
길들여지지 않도록
인간의 폭력 휘두르지 마시라

더디 지는 꽃

해넘이에 물들었던
그대의 얼굴
자세히 저물어 가네

오늘의 맑음

가을입니다
기분 좋은 바람으로
마음이 가볍습니다

하늘엔
더미구름, 꽃구름, 놀구름이
번갈아 가며 하늘을 휘감고

이런 날이면
마주 보아도 어색하지 않은
편한 사람과 실없이 웃고 싶어집니다

81

대립각

매섭게 노려보는 겨울 눈초리에
죽은 듯 널브러진 맥문동

83

갈망

계절 앞당겨 핀 코스모스
고추잠자리는 한 마리도
얼씬거리지 않네

황혼 녘에

수십 년 된 책상에서
책을 읽거나
시를 쓰거나
참 못났던 어제를 되새겨 보기도 합니다

가령
"인생의 끝에 청춘을 둔다."*라는 의미는
얼핏 듣기에는
희망적이기도 하고
한순간이나마
심쿵하기도 하지만
어쨌거나 참
부담스러운 말이기도 하지요

그럼에도 불구하고
나는 이 문구가 참 마음에 듭니다
"인생의 끝에 청춘을 둔다."

* 누구의 문장인지 모름

꿈결

그대는 웃고 있었다
덥석 안아서 지구를 한 바퀴 돌고
땅으로 사뿐히 내려주었던
그때 그 사랑

늦가을

거리에는 울긋불긋한 낙엽을
밟지 않고선 한 발자국도
옮길 수 없는 가을이 떨어지고 있다

성장을 멈춘 풀들 사이로
오솔길이 보이기 시작하고

시인이 늙으면
시도 굼뜨는지

가으내 별수 없이
풀벌레 소리만 듣고 있구나!

작약 1

서둘러 그대 곁에 서서
그윽이 바라본다

기다림은
결국
사랑을 확인하는 것이었고

허수롭던 작별이
텅 빈 창공에 뿌릴 내리는 것이었고

작약 2

살아있는 것들은
다
애절하여라

꽃은 보이지 않아도
봄비 내리고

아무 일 없는 듯

산새 울음소리만
바람 자락에 내려앉는구나

가을 서정

화살 볕이 따가워

손차양을 펼치고 걸었다

산길로 접어들자

백발성성한 노인이

흐르는 계곡물에 솔방울을 툭 던지고

되돌릴 수 없는 시간을 가늠하는 양

물끄러미

바라보고 있었다

만리향
- 금목서

달빛 고운 밤
홀로 서성이며 뜨거운
밤 품습니다

잊고 산 세월에
찾아온

그대의 향기로움이
환한 금빛 띠 두르고

머문 곳은

잡히지 않는
마음 한 자락!

마음이 하는 일

올해
어느 날인가
보도블록에 고인 빗물에 발을 디밀고
개구진 아이처럼
발 장난을 쳤습니다
자유로웠습니다
기뻤습니다
나이를 잊었습니다
정직했습니다

스티븐 호킹이 했던 말이 떠올랐습니다
"재미있지 않으면 인생은 비극이다."

하루살이 · 민달팽이 · 양철 지붕

입이 없다는 사실도 모른 채 사라지는
하루살이의 숙명을 어찌 헤아릴 수 있을까

더듬이 한 쌍으로 나아가는 민달팽이의
허벅진 용기를 누가 알아줄까

양철 지붕이 악기가 되어 들려주는
소나기의 변신은 또 어떠하며